Peter Gaymann
Matthias Biskupek

WETTERBERICHT

Matthias Biskupek

WETTERBERICHT

Mit 22 Illustrationen von

Peter Gaymann

Gustav Kiepenheuer Verlag

Alles o.k. - Du kannst rauskommen!
Wie ist das Wetter?
P. GAY

Göttliches Wetter

Das Auge des Herrn macht das Vieh nicht fett.
Bauernregel

Der Liebe Gott war zu Blitz und Donner gerührt. Die Erdbürger scherten sich noch um ihn. Sie führten ihn laut in aller Munde. Sie sprachen: Ein gottverfluchtes Wetter. Oder sie bemerkten: Himmelarschundwolkenbruch.

Da sind sie also immer noch, meine aus Lehm zusammengekleckerten Erdentröpfe, sinnierte der Liebe Gott. Sie meckern zwar ständig über das Wetter, nehmen es aber gottergeben hin. Wenn man von Regenschirmen und Windjammern einmal absieht.

Ansonsten waren die Erdbürger dem Lieben Gott viel zu quirlig geworden. Überallhin machten sie ihre sogenannten Geschäfte. Was er ihnen mal als Unteilbares, Unzerstörbares gegeben und folglich ATOM genannt hatte, das hatten sie längst angekratzt und gespalten. Wo der Liebe Gott jedem Positron genau ein Elektron beigegeben hatte, veränderten die Erdbürger das Gleichgewicht. Es gab jetzt Neutronen und neutrale Staaten. Die Erdbürger hatten mit Antimaterie hantiert und an Genen herumgeschnippelt, daß es nur so eine Art hatte. Sie bastelten sich Klone. Damit machten sie den Lieben Gott zum Clown, den sie dann Klaun aussprachen, weil sie erstens ohnehin von seinen Ideen stahlen, was das Zeug hielt, und zum anderen alles ins Englische transportierten. Dabei hatte der Liebe Gott doch mit Bedacht die vielen schönen Sprachen, das Finnische, das Sächsische und das Lispeln, gemacht. Damals, in Babel, was man heute gewiß Bebel aussprach und mit einem gottlosen Sozialdemokraten verwechselte.

Der Liebe Gott aber hieß Lieber Gott und nicht Racheengel, und deshalb war er gerührt über den irdischen Umgang in Sachen Wetter. Da haben sie göttliche Festlegungen zu Bauernregeln umgeeselt, den Wetterbericht erfunden und Vorhersageprozente auf achtzig gebracht. Doch wenn's drauf ankommt, stehen sie im Regen. Schnee fällt zuwenig in den Wintersportzentren und viel zu viel pro Kopf eines Räumfahrzeuges; Glatteis und Nebel reduzieren die Zahl der Verkehrsteilnehmer auf wahrhaft göttliche Weise, und Bodenfrost treibt die Kleingärtner dazu, ihre Tomaten reumütig wieder aus Supermärkten heranzuschaffen. Sommerliche Volksfeste fallen wie eh und je ins Wasser, und die pünktlich einsetzende Weihnachtswärme verhagelt allen Erzgebirglern die Romantik. Der Liebe Gott lachte sich in sein Gottesfäustchen. Da schauten sie also noch zu ihm auf,

Lieber Gott!
Hör auf
mit dem
SCHEISS!
P. GAY

wenn die Sorge ums Wetter sie ankam. Legten die Stirn in Falten und durchforschten den Himmel nach göttlichen Wetterzeichen. Klappernd reimten sie sich was zusammen: Abendrot – schön Wetter droht. Mittagshitze – mußt viel schwitze.

Was für ein gottsjämmerlicher Unsinn, dachte der Liebe Gott. So gläubig sind sie nur, wenn es ums Wetter geht.

Er pustete ein paar beruhigend weiße Wölkchen aufs Azurblau, und schon radelten, surften und golften diese Bewegungsfetischisten los. Hängten Wäsche raus, motteten Wintersachen ein. Wird ja doch ein schöner Tag, hatten sie wohl gedacht – aber sie dachten ohne den Lieben Gott. Der versteckte in friedlichen Schäfchenwolken all die Blitze und den göttlichen Donner, zu dem ihn die wetterberichtsgläubigen Menschen gerührt hatten. Nun stürmte, schneite, hagelte und goß es tagelang wie aus Eimern. Mit riesigen Pfützen auf den Alleen zeigte der Liebe Gott den Straßenbauämtern, daß sie nicht mal mehr wasserfeste Verkehrsadern hinkriegten. Die Flüsse schwollen auf Überbreite. Dämme brachen, Brücken barsten. Katastrophenminister mußten regelmäßig zurücktreten.

Doch unerschütterlich glaubten die Erdentröpfe an ein Wechselspiel von Azorenhoch und Islandtief. In allen Medien tauchten alljährlich uralte Märchen auf; die vom Siebenschläfer und heißen Sommern auf kalte Winter. Über den Hundertjährigen Kalender konnte der Liebe Gott nur müde lächeln.

Sie haben bis heute nicht begriffen, daß ich das Wetter nur deshalb so gemacht habe, damit sie was zu reden haben, alte Ehepaare und junge Beischlafmützen. Worüber soll ein Chef mit seinem Dödel sprechen und ein Bayer mit einem Saupreußen? Wenn das Wetter so berechenbar wäre wie ihre Psychosen und Kalorien, hätte nicht mehr ich damit zu tun, sondern Marktstrategen und Werbefuzzis würden sich daran totverdienen. Gott! dachte der Liebe Gott, mögen sie sich weiterhin übers Wetter täuschen und täuschen lassen. Sollen sie sich Bilder machen, natürlich nicht grad von ihm, dem Lieben Gott, aber doch vom Wetter. Irgendwann mußten sie ja begreifen, daß er das Wetter dereinst wirklich nur ersonnen hatte, damit sie ohne Rumdrucksen ein Gespräch beginnen konnten.

Und weil die Erdbürger immer weiter ihre Geschäfte machten, überließ der Liebe Gott ihnen in Gottes Namen auch das Wettergeschichtenmachen. Wozu gab es Ghostwriter, Ghostpainter und Ghostpublisher ... nun war sogar der Liebe Gott ins Englische verfallen. – Man darf sich wirklich nicht zu viel mit diesen Erdentröpfen befassen, seufzte er. Gleich macht man deren Unarten mit.

Und so begann der Liebe Gott, wieder mit sich selbst zu reden. Worüber? Natürlich über das Wetter.

Ich habe gestern das Wetter verflucht!
Ich auch!
P. GAY

Ich warne dich!!
T. Gay

Wintergewitter

Ist das Wetter allgemein mies,
Hilft dem Bauern die Versich'rungspolice.
Spruch der Allg. Allianz

Ich sage meinen Mitarbeitern immer wieder, daß man genauestens die äußeren Umstände beachten muß. Anders ist nix rauszuholen.

Die Versicherungskauffrau muß Nerven wie Drahtseile, aber Antennen wie Flaumfedern haben. Der Versicherungskaufmann darf auch Charme wie Tom Hanks einsetzen, vor allem aber ist die jeweilige Lage zu beachten. Ohne obwaltende Umstände und deren bestmögliche Nutzung gibts Null Komma nix.

Wenn im Ort gerade eine Brandkatastrophe zur Durchführung gekommen war, ist es relativ einfach, die Vorteile unserer kombinierten Brand- und Erdbebenversicherung hervorzuheben. Natürlich muß man beachten, daß höhere Gewalt immer direkt aufgeführt sein muß. Hochwasser gibts nur, wenn Hochwasser auch ausdrücklich vermerkt wurde; Vulkanausbruch, Heuschrecken, langjährige Dürre undsoweiter unddesgleichen. Ein soeben durch Diebstahl Geschädigter wird unsere kombinierte Diebstahl- und Verlustgutkompensationsversicherung viel dankbarer annehmen als jemand, der sein Fahrrad seit Jahren ungesichert im Hof abstellt.

Ich erzähle bei Schulungen den Mitarbeitern immer gern jene Geschichte, wie ich vor zwanzig Jahren mal ein wirklich umfangreiches Versicherungspaket schnüren konnte. Daß es so lange her ist, verrate ich nicht, aber ich erkläre, wie ich die äußeren Umstände gnadenlos ausnutzte.

Ich hatte Lene Zschädsch im Visier. Lene war verstockt. Behauptete seit Jahr und Tag, daß sie keinerlei Versicherung brauche. Für eine ordentliche Beerdigung läge genug auf der Kante und basta!

Ich gehe an einem grauen, stürmischen Spätwintertag, also kurz vor April, zu ihr. An Sonnentagen glauben die Menschen einfach nicht an die Notwendigkeit einer Versicherung. Wetter prima, alles prima; mir kann nix passieren.

Natürlich hatte ich Glück. Aber das Glück auszunutzen, das ist eben die Kunst. Mein Glück war das heraufziehende Gewitter.

Sitze also bei der Zschädschen in der Stube und rede ganz harmlos über die Kinder, daß die ja doch mal was Schönes erben würden.

Lene tut so, als sei ihr das egal. Mittlerweile braut sich draußen was Richtiges zusammen.

Ja, sag ich, denen ist es ja auch egal, wenn man mal

in Not kommt. Von wegen eigen Fleisch und Blut – Dankbarkeit gibts nicht in dieser Welt.

Lene widerspricht, weil sie sehr einfach gestrickt ist. Sie glaubt an das Gute in der Welt und in ihren Kindern.

Mittlerweile donnerts schon mal. Ob sie denn einen Blitzableiter hat? frage ich. Klar, den habe damals doch noch ihr Mann angebracht.

Naja, sag ich, die Blitzableiter von früher sind heute ziemlich nutzlos geworden. Durch die Erderwärmung und die Klimapole hat sich alles dermaßen verschoben.

Na vielleicht, sagt Lene, müßte sie dann mal einen neuen anbringen lassen.

Nützt ja alles nix, ruf ich. Der Blitz saust an dem Blitzableiter runter wie nur was, hinterläßt eine feurige Spur – und schon brennts.

Es gibt jetzt einen riemichen Schlag. Da hats irgendwo eingeschlagen, sage ich und lege das Formular für die kombinierte Blitzschlag-Brandschutzversicherung auf den Tisch.

Durch Lenes Stubenfenster sieht man, wie der Wind auf dem Hof das Stroh zusammenfegt und hochwirbelt.

Wir haben auch was ganz Neues, direkt für landwirtschaftlich wenig genutzte Höfe in Gewittereinzugsgebieten, sage ich. Windhosenversicherung, gepaart mit einer Umnutzungspauschale bei Schlechtwetter.

Lene Zschädsch sagt nun erst mal gar nichts, sondern horcht nach draußen.

In dem Moment bricht ein Platzregen los, so, wie er immer auf die knalligen Gewitterschläge folgt. Es drascht gegen das Fenster. Wie Hagel, sag ich, wie Hagel.

Ich lege mein Hochwasser- und Flußschadensformular auf den Tisch. Und wie es das nächste Mal blitzt, lege ich noch die Strahlenversicherung, die Einsturzgefahrenpolice und die allgemeine Unfallprotokollversicherung hin. Ich habe wirklich Glück, weil es weiter blitzt und donnert. Lene unterschreibt mir alles. Ich muß bloß noch warten, bis es zu regnen aufhört.

Wenn ich das erzähle, machen immer alle große Augen bei den Schulungen. Was ich nicht sage: Wir hatten damals schon diese undemokratische Widerrufsklausel. Lene Zschädsch kam nach einer Woche zu mir. Es war ein verdammt schöner, klarer, blauer Vorfrühlingstag. So was, wie wir's heute überhaupt nicht mehr haben. Sie hat alles zurückgenommen. Aber als sie fünf Jahre später gestorben ist, gabs unter ihren Kindern einen gräßlichen Streit ums Erbe. Das war meine Rache. Weil keiner bei mir eine Testamentsversicherung abgeschlossen hatte.

Guckst du wieder Horror?
Nee, den Wetterbericht
P. GAY

Märzenschnee

Märzenschnee
Tut den jungen Saaten weh.
Bauernregel

Das Kind zählte sieben Jahre und konnte bis sieben zählen. Obwohl es noch nicht zur Schule ging. Doch es war aufgeweckt, hatte goldblonde Löckchen und stampfte wütend auf: Ich will aber rodeln. Rodeln, rodeln, rodeln!

Der Papa (40) konnte weiter als bis sieben zählen, sagte sich aber ganz leise: Bis sieben zählen. Dann ganz ruhig antworten.

Das Kind brüllte lautstark: Rodeln!, und Papa beschloß, behutsam vorzugehen.

Sieh mal, da draußen, da liegt doch gar kein Schnee. Da ist doch Frühling. Vielleicht blühen die Schneeglöckchen?

Mama hat gesagt, es kommt noch mal Winter. Hat Mama gesagt. Wo ich doch den Rodelschlitten geschenkt bekommen habe. War noch gar kein Winter.

Papa beschwor sich, daß er jetzt auf keinen Fall etwas Falsches sagen dürfe. Die kleine Seele mußte behütet bleiben, aber sie sollte einsehen lernen, daß die Jahreszeiten nicht willkürlich daherkämen.

Es hat noch überhaupt nicht geschneit, brüllte das Kind. Will rodeln. Rodeln. Rodeln!

Ja, sagte Papa, wir können ja zur Sommerrodelbahn gehen. Da brauchen wir unseren Schlitten gar nicht mitzunehmen, da gibt es wunderbare kleine Rodelchen. Ganz putzige.

Will keine Zähne putzen, sprach das Kind. Will rodeln. Mama hat gesagt, es kommt noch Winter.

Winter war schon. Aber da waren wir auf Mallorca. Hat es dir denn nicht gefallen auf Mallorca?

Warum kommt denn Winter nicht nach Mallorca? Warum sind wir auf das blöde Mallorca gefahren, wenn hier Winter ist? Ich will rodeln. Mit Schnee. Mama hat gesagt, es gibt noch mal Schnee.

Da hat sich Mama eben geirrt. Außerdem gab es ja Schnee. Als wir auf Mallorca waren, hat es hier geschneit. War ein bißchen kurz, der Winter, dieses Jahr.

Warum habt ihr den Winter so kurz gemacht? Warum kann ich nicht rodeln? Warum habt ihr mir überhaupt den Rodelschlitten geschenkt? Ihr seid so gemein!

Jetzt, sagte sich Papa, jetzt ganz einfühlsam vorgehen!

Weißt du, sprach er und zupfte das Kind spielerisch an seinen Löckchen, jede Jahreszeit bringt etwas Besonderes. Der Frühling bringt Blumen, der Sommer bringt Klee, der Herbst bringt uns Trauben,

Es schneit
Es schneit
Endlich kann man sich den Winterspeck wieder anessen.
P. GAY

der Winter bringt Schnee. Und jetzt ist Frühling. Schneeglöckchenfrühling.

Du sollst nicht an meinen Locken rumzuppen, wies das Kind ihn zurecht, sonst sag ich's Mama. Außerdem stimmt das nicht, das mit den Trauben.

Was stimmte denn da nicht? Jede Frage des Kindes mußte ernst genommen werden. Also: Was stimmt denn da nicht?

Trauben gibts immer. Nicht nur im Herbst. Weil die gesund sind, deswegen gibts auch immer Möhren und Erdbeeren.

Das ist schon richtig. Aber in der Wirklichkeit reifen Trauben im Herbst und Erdbeeren im Juni. Und Schneeglöckchen im März. Im stillen fragte sich Papa, warum das Kind nicht endlich auf die Scheiß-Schneeglöckchen ansprang.

Ich will rodeln! Ich will, ich will, ich will!

Aber die Schneeglöckchen würde man ganz schlimm zertreten, wenn man jetzt rodelt.

Ich will die zertreten! Warum heißen die Schneeglöckchen denn Schneeglöckchen? Wenn gar kein Schnee da ist! Und Scheiß-Weintrauben gibts immer!

Ganz ruhig, sagte sich Papa. Taktik festlegen. Die erste Frage einfach überhören. Zunächst müßte er die Behauptung, daß es Trauben immer gäbe, relativieren. Am besten aber, sofort das Vokabular des Kindes verbessern: Scheiß-Weintrauben sagt man nicht.

Scheiß-Weintrauben, Scheiß-Erdbeeren, Scheiß-Rodel, sagte das Kind.

Mit den Weintrauben ... ja ... es gibt sie eigentlich nur im Herbst. Im goldenen Herbst, wenn die Ernte eingebracht wird.

Nee, auch im Frühling! Der Frühling bringt Trauben. Der Sommer bringt Trauben. Der Herbst bringt uns Schnauben. So.

Auf der Nordhalbkugel gibt es im Herbst die Trauben. Auf der Südhalbkugel aber ist im Frühling Herbst. Und die Trauben aus dem Süden bekommen wir im Norden auch im Winter. Erdbeeren hingegen wachsen im schönen Holland, direkt unter ganz feinen weichen Folien, weißt du.

Papa schwitzte. Scheiß-Globalisierung, dachte er, wie soll ich dem Kind die Exportorientierung und die Agrarsituation erklären?

Rodeln!?! forderte das Kind drohend.

Dies ist der Zeitpunkt, dem Leser drei Schlüsse im Sinne globaler Wirtschaft anzubieten.

Versöhnlicher Schluß: Leise beginnt Märzenschnee zu rieseln.

Unversöhnlicher Schluß: Kind knallt Papa Rodel an Kopf. Krankenwagen. Blaulicht. Schädelbasisbruch.

Realistischer Schluß: Kind knallt Papa Rodel an Kopf. Platzwunde, harmlos. Mama kommt und beschimpft Papa endlos. Kind brüllt: Rodeln!

Endlich wird's Frühling!
Da heißt es wieder cool bleiben!
P. GAY

Wasserhose

Eine Gebrauchsanweisung

Die Wetterküche, das ist klar,
Kocht nichts so wie im letzten Jahr.
Hundertjähriger Kalender

Wir beglückwünschen Sie zum Erwerb dieses hochmodernen Produkts unserer Unternehmensgruppe. Um jedoch alle Vorzüge richtig nutzen zu können, sollten Sie einige Besonderheiten beachten.

Ihre Wasserhose liefert in Springflutform ein frisches, kühlendes, Mensch und Natur belebendes Naß. Das Naß besteht zu 99,8 Prozent aus Wasser (H_2O). Geringfügige Verunreinigungen sind naturidentisch und beeinträchtigen in keiner Weise den Genuß. Gemeinhin treibt es das Naß zunächst konzentrisch von unten nach oben (Wirkungsrichtung beachten! Sie ist mit Pfeilen → und ← gekennzeichnet), während es sodann von oben nach unten regnet.

Um die Wasserhose witterungsgerecht und landschaftstypisch einzusetzen, sollten Sie zunächst feststellen, wo Sie sich befinden. Darüber klären Sie z. B. die Ortseingangsschilder auf. Für die Staaten Norwegen, Schweden, Dänemark, Benelux, Frankreich, Deutschland, Polen, Österreich, Tschechien und die

Schweiz ist für Wasserhosen die Windrichtung West die vorherrschende. Ausnahmen sind in Südfrankreich der Mistral, in Bayern der Föhn und vereinzelt in Niederungen die sog. Fallwinde. Wenn Sie die Wasserhose in Irland, der Lausitz, der Hohen Tatra oder am Po nutzen wollen, erkundigen Sie sich vorher nach gebietstypischen Bräuchen. Auch in Afrika und einigen Reservationen Nordamerikas werden sog. Regenzauber noch heute praktiziert. Fachliteratur unserer Unternehmensgruppe und die Volkshochschule klären Sie darüber auf.

Bevor Sie die Wasserhose nun in unmittelbare Anwendung bringen, sollten Sie einiges über ihre Aufbewahrung wissen.

Aufgrund ihrer Konsistenz ist die günstigste Lagertemperatur plus vier Grad Celsius. Darunter kann es sehr schnell zu örtlichen Verhärtungen kommen. Für exakt vier Grad Lagertemperatur spricht, daß die Wasserhose genau dann die geringste Ausdehnung hat. Eine Lagerung über zwölf Grad plus empfiehlt sich ebenfalls nicht. Steigt die Temperatur auf mehr als zwanzig Grad, erhöht sich die Verdunstungsgefahr exponentiell, und Sie besitzen nur mehr ein Wölkchen.

Ein Transport der Wasserhose empfiehlt sich nicht. Die von uns in den Farben klar, halbdurchsichtig, wäßrig und wasserfarben gestaltete Oberflächenoptik könnte dadurch beeinträchtigt werden.

Wenn Sie sich entschlossen haben, Ihre Wasserhose einzusetzen, so beachten Sie bitte das Gebot gegenseitiger Rücksichtnahme. Zu diesem Zwecke versuchen Sie, folgendes über Ihre Nachbarn herauszufinden:

Sind dieselben bereit, ein Wasserhosenschauspiel zu ertragen? Sind einige Ihrer unmittelbaren Mitbewohner bereits von Wetterunbilden überrascht worden? Haben dieselben schon einmal unter Wetterkapriolen gelitten, zum Beispiel Windhosen? Herrscht der Glaube an die Mittagsfrau, die Regentrude, die Gewitterziege, den Donnergott und andere unwissenschaftliche Erscheinungen?

In allen Fällen sollten Sie behutsam Aufklärungsarbeit leisten. Materialien dazu liefert Ihnen unsere Unternehmensgruppe zum Rabatt von 15 Prozent.

Besuchen Sie sodann die örtliche Verwaltungsebene, das Touristikbüro und das Gymnasium. Eruieren Sie, ob Temperaturkarten, Niederschlagsverteilungen und ähnliches geführt werden. Sollte dies der Fall sein, müssen Sie Ihre Wasserhose zunächst weiter lagern. Als oberstes Gebot gilt immer: Die mittlere Normallage darf nicht verändert werden.

Schließlich legen Sie die günstigste Zeit für den Einsatz Ihrer Wasserhose fest. Sehr gut eignet sich der April. Plötzliche Wetterwechsel gehören zum Charakter dieses Monats. Doch auch im Oktober,

Juni usw. können Sie immer dann Ihr kleines Wirbelwässerchen benutzen, wenn Sturmwarnung ausgegeben wurde.

Auf keinen Fall dürfen Sie die Wasserhose bei strahlendem Himmel zum Einsatz bringen. Auch bei wolkig bis heiterem Wetter raten wir vom Gebrauch dringend ab. Gibt es starke, lang anhaltende Regengüsse, ist die Wasserhose gefahrlos einsetzbar. Man muß dann allerdings in Kauf nehmen, daß ihre eigentliche Wirkung von den ohnehin anfallenden Niederschlagsmengen überdeckt wird.

Haben Sie all dies beachtet, so positionieren Sie Ihre Wasserhose. Achten Sie bei den Vorbereitungen darauf, daß Sie von neugierigen Beobachtern unbemerkt bleiben. Arbeiten Sie am besten in einem einsamen Waldstück. Da Sie die Wasserhose nicht transportieren sollten, wird sich daraus für Sie ein logistisches Problem ergeben.

Wir wünschen Ihnen viel Spaß mit Ihrer Wasserhose und hoffen, daß Sie auch andere hochwertige Erzeugnisse unserer Entwicklungsabteilung erwerben. Gern übersenden wir Ihnen dazu Material, so über den Prachtwinter, den Goldenen Herbst, den Hochsommer, den Bilderbuchfrühling und das Kaiserwetter.

Eine gute und eine schlechte Nachricht: Die Tage werden länger, die Sonne wird scheinen, die Temperaturen steigen
und
die Grillsaison wird eröffnet.
P. GAY

Das Azorenhoch

> Zwischen einem Tief über Island
> Und einem Azorenhoch fließt frische
> Meeresluft nach Mitteleuropa.
> *Üblicher deutscher Wetterbericht*

Ihr müßt euch vorstellen, liebe Kinder, daß so ein Azorenhoch tagaus, tagein nichts anderes zu tun hat, als hoch über den Azoren zu sitzen. Klar, ein Hoch ist oben. Von dort oben schaut es auf die fleißigen Azorenpalmen, die nichts anderes zu tun haben, als zu wachsen, auf die fleißigen Strandkorbvermieter, die nichts anderes zu tun haben, als abzukassieren, und die faulen Urlauber, die sich den lieben langen Tag fleißig erholen müssen.

Ob das nun so ein schönes Leben ist, immer nur für Schönwetter zu sorgen? Da muß es doch selbst dem sonnigsten Azorenhoch irgendwann zu bunt werden, wenn es nur majestätische Gipfel und sonnenvercremte Rothäute sieht, die sich mal zwei Meter oberhalb und mal zwei Meter unterhalb des 38. Breitenkreises aalen.

Und so nahm das Azorenhoch eines Tages, mitten in der Saison, seinen Jahresurlaub und machte sich zu einer Erholungsreise auf. Weder mit dem Islandtief noch mit der Wetterstation auf Rügen war das abgesprochen. Das hat wohl ’n Stich, sagte Prof. Jörg Stachelmann, kurz bevor er auf Sendung ging. Im entscheidenden Moment aber führte er aus, daß die ungewöhnliche Wettersituation für diese Jahreszeit nichts Ungewöhnliches sei.

Das Azorenhoch also hatte einen steifen Ostwind genommen und begab sich quer über das Land mit den immergrünen Dollarnoten nach Kalifornien. Dort gab es grade Wassermangel, und das Azorenhoch half fleißig mit, das Wasser der Swimming-pools in den Küstenbergen bei Hollywood verdunsten zu lassen. So mußten Julia Roberts und ihre Freundinnen von Metro-Goldwyn-Mayer nun im Champagner baden. Damit das nicht zu einer Mode würde, bummelte das Azorenhoch nordwärts an der amerikanischen Küste entlang, bis es über Alaska ein Päuschen einlegte.

Ich denk, ich bin in Dawson City, brummte ein wettergegerbter Handelsmann in seinen zerzausten Bart. Ich verkaufe Grog und Schlittenhunde. Doch wenn das so weitergeht, haben wir hier bald eine Invasion von mexikanischen Wanderarbeitern, und ich muß auf Chili con carne und Sombreros umsatteln. Kaum aber hatte der Handelsmann seinen Gewinn aus der Umstellung herausgerechnet, war das Azorenhoch mit einem eleganten Seitausfallwind über die Beringstraße gesprungen und schaute sich Sibirien an.

Darauf habe ich lange gewartet.
Von mir aus könnte das so bleiben bis Weihnachten 2015.
P. GAY

Ihr müßt wissen, liebe Kinder, Sibirien ist eigentlich leer. Leer wie die Parfümabteilung in einem mecklenburgischen Getränkekiosk. Ab und zu sieht man mal jemanden mit einer großen weißen Nummer auf seinem Kittel einen echt sibirischen Rausch ausschlafen. Manchmal verkündet auch ein Transparent *Mit Lenin an der Seite schlagen wir die Weißgardisten pünktlich zum Quartalsende!* Ansonsten aber stehen dort vor allem Lärchen. Als das Azorenhoch jene – wie ihr wißt, nicht immergrünen – Nadelbäume eine Weile besah, dachten diese, daß sie, wie das in Sibirien nun mal geschehen kann, die Zeit verpennt hätten, und warfen all ihre Nadeln ab. Als man im fernen Moskau davon erfuhr, wurde eine Kommission einberufen, die einen demokratischen Nadelbeschluß faßte, aber das Azorenhoch hatte sich mittlerweile längst nach Norwegen abgesetzt. Die Mitternachtssonne war dort an der Tagesordnung, und das Azorenhoch machte aus kalten Fluten eine warme Brühe, in der sich die Fische wie in einer Fischsuppe fühlten.

Über Spitzbergen vermeinte das Azorenhoch, daß es eigentlich wie zu Hause wäre. Ein Zuhause ohne Palmen, ohne Strandkorbvermieter und ohne Badeurlauber. Also ein noch langweiligeres Zuhause als zu Hause.

Angeödet begab sich das Azorenhoch gen Süden. Nach Irland. In Irland, müßt ihr wissen, können die

Menschen ganz verschiedene Arten von Regen auseinanderhalten. Sie haben dafür dort den Begriff: It's raining raining raining. Es gibt den feinen, den groben und den gemischten Landregen. Es gibt den Nieselregen, den regenfeinen Nebel, den nebligen Feinregen und den wasserzarten Regenhauch. Dann gibt es auch noch das Pladdern. Für all diese Niederschlagsarten hat ein echter Irländer viel Verständnis, weil ihm kein Regen seinen Whiskey verhageln kann.

Jetzt aber war all das wunderbare Wasser aus der Luft verschwunden. Das irische Moos schmatzte nicht mehr, und der irische Humor ging den letzten Bach hinunter. Die eingeborenen Irländer waren patriotisch verärgert und sprachen von einer langangelegten großbritischen Aktion, die ihr Land wieder mal vom Regen in die Traufe bringen sollte.

Wegen der vielen englischsprachigen Urlauber auf den Azoren verstand das Azorenhoch die irischen Raining-speakers ganz gut. Dann eben nicht, fiepte es und machte sich auf nach Hause. Dabei nahm es aber den Umweg via Nordatlantikströmung über Island. Dort prügelte es sich nach Herzenslust mit einem Islandtief, was aus beiden die wundersamsten Winde hervorbrachte. Sodann begab es sich wieder direkt über die Azoren. Dort hängt es nun herum, liebe Kinder, nimmt fleißig zu und wartet auf die nächstbeste Gelegenheit, mal wieder auszubüchsen.

Meine persönlichen
EISHEILIGEN:
Vanille
Erdbeer
Schokolade

Siebenschläfer

Siebenschläfer bei Regen
Bringt sieben Wochen Wassersegen.
Bauernregel

Wir saßen im Büro und hatten schlechte Laune. Ob wir den Werbegroßauftrag bekommen würden, stand im Sternbild Krebs. Unsere Truppe sei nicht verschworen genug, hatte der Auftragsfuzzi gesagt. Nur wenn alle hundertpro mitzögen, wüßte er sein Geld bei uns in guten Händen.

Er kannte unseren Zusammenhalt überhaupt nicht!

Es regnete, wie es Ende Juni immer regnet. Es draschte, es trommelte, es goß. Wir machten Pause, nannten es Rainstorming, und Carla meinte, nun würde es sieben Wochen lang regnen. Ach quatsch, knurrte Sandy, es heißt: Wenn Siebenschläfer Regen kochen, so regnets dann vier ganze Wochen.

Producerin Lisa-Marie, die mal eine heiße Affäre – was sie so heiß nennt – mit einem vom Wetterdienst gehabt haben will, sagte, es sei eine Erfahrungstatsache, daß sich Ende Juni eine stabile Wetterlage einstellen würde. Die dann relativ lang anhalte. Aber ob vier oder sieben oder kaum zwei Wochen, sei nicht sicher. Weil die Leute die Zahl sieben mögen, hätten sie es eben Siebenschläfer genannt.

Ob wir nun vier oder sieben Ideen unserm Großfuzzi anbieten, eine muß ihn überzeugen, sonst können wir unsern Laden zumachen, warf Dorothee ein, die immer gern zusammenfaßt und gemeinsam ertüftelte Ideen schamlos als ihre eigenen ausgibt.

Ich glaube, der Siebenschläfer ist aus dem römischen Kulturkreis übernommen worden, sagte Thomas, unser Fantasy-promoter und Textchef, auf seine zurückhaltende Art. Ich wußte ja, daß er ganz anders als zurückhaltend sein konnte, aber in der Truppe drängte er sich nie nach vorn.

Sandy, die mal Kunstgeschichte studiert hatte, warf ein, daß die alten Römer bekanntlich immer alles gewußt hätten. Und die alten Ägypter, meinte Lisa-Marie. Ich meinte nichts, sondern sah mir meinen Thomas von der Seite an. Die Mädels wußten bloß noch nicht, daß er mein war.

Thomas rückte ein bißchen aus unserem Kreis. Das macht er immer, wenn er erklärt. Er doziert auf eine allerliebste Weise und wirkt dabei wie mein alter Lehrer. Unschuldig und bärtig. Den mochten wir alle, weil er der einzige Mann an unserer Grundschule war. Als ich das Dorothee mal erzählte, guckte die mich groß an. Sie sei in eine Waldorfschule gegangen, und da habe man einfach alle Lehrer gemocht.

Erst hab ich den Job verloren, dann hat mich Erika verlassen, dann wurde das Konto gesperrt!
Kein Wunder bei der Hitze.
P. GAY

Thomas räusperte sich und führte aus: Es gibt die römische Sage, die noch zur Zeit der frühen Könige entstanden sein mußte, noch vor der Sache mit den Gänsen auf dem Capitol. Also, die römische Sage vom Siebenschläfer. Die Etrusker waren eingefallen, und es stand mauseschlecht um die römische Sache.

Das gefällt mir an Thomas. Er kann bei drögsten Konferenzen solche Sätze sagen wie: Es stand mauseschlecht um die römische Sache.

Thomas suchte nach einem Krümel im Bart, was mich immer ganz schwach macht, und sprach weiter: Und weil es so mauseschlecht um die römische Sache stand, verlegten sich die Römer aufs Verhandeln. Sie seien durchaus bereit, die Etrusker als ihre Bezwinger anzuerkennen, aber zuvor hätte der Etruskerkönig eine Probe zu bestehen. Er müßte sieben römischen Jungfrauen beischlafen und noch vor dem ersten Sonnenstrahl sich vom Lager erheben – dann könne er Rom in Besitz nehmen. Mißlänge ihm das aber, so seien die Etrusker den Römern für die nächsten sieben Jahre tributpflichtig.

Die Etrusker waren voll Freude, daß sie ohne weitere Kampfhandlungen die hochnäsigen Römer besiegen könnten, und drangen in ihren König, sich dieser läppischen Probe zu unterwerfen.

Sei es, wie es sei, offensichtlich waren die Römerinnen von anderem Kaliber als die Etruskerinnen.

Als der Morgen anbrach, drang von der Lagerstatt der siebten römischen Jungfrau, die wahrscheinlich keine Jungfrau mehr war, ein lautes Schnarchen. Die Anstrengung hatte den etruskischen König übermannt, wenn man im Lateinischen denn ein solches Wort kennt. Die Etrusker mußten sieben Jahre lang Tribut zahlen und erholten sich nie wieder davon.

Als der neue römische Kalender unter Augustus eingeführt wurde, nannte man den 27. Juni dieser gewonnenen Schlacht wegen den Siebenschläfer. Noch heute gibt es in Italien den Ausdruck *Salve settedormire*. Das meint, frei übersetzt, siebenfacher Beischlaf sei begrüßenswert.

Carla, die zwei Jahre lang in Rom gelebt hatte, lachte schrill auf. Oder kam es mir nur so vor?

So, sagte Dorothee, nachdem das also geklärt ist, wird unser Thomas nun wieder zum Thema kommen. Wie ziehen wir den Auftrag an Land?

Thomas zupfte einen letzten Krümel aus dem Bart. Er sah allerliebst dabei aus. Ich schickte einen verstohlenen Blick zu ihm. Als ich den Blick zurückzog, sah ich, daß die sechs anderen Frauen auch alle gerade je einen verstohlenen Blick zurückzogen.

Vielleicht wurde mir in diesem Moment erst bewußt, daß wir wirklich nicht bloß irgendeine Werbeagentur mit beschränkter Haftung waren, sondern eine verschworene Gemeinschaft.

Bei der Hitze kriegt man einfach nichts gebacken!
P. GAY

Wolkenbruch

Trockne Jahre sind ein Graus,
Nasse fallen schlimmer aus.
Bauernregel

Es war viel zu tun im Wolkenlager. Die hübschen kleinen Schäfchenwolken, von zartrosa Schimmer gesäumt, steckten in der hintersten Box. Wenn sie gebraucht wurden, suchte man sie meistens vergeblich. Ganz unten, fest aufeinandergepreßt, warteten die langweilig-tiefgrauen Schichtwolken darauf, daß sie hervorgezerrt würden, zu jeder besten und jeder schlechtesten Gelegenheit. Schichtwolken gab es irgendwo immer.

Die Haufenwolken waren nebeneinander gepackt und verbrauchten eine Menge Platz. Kein Engel hatte je daran gedacht, sie der Größe nach zu ordnen. Sie wurden, wie sie gerade kamen, auf die Reihe geschoben und versuchten dann, wenn sie endlich freigelassen worden waren, einander zu überholen. Die Häufchenwolken waren meist am schnellsten, bisweilen aber fegte eine riesige Haufenwolke ohne Punkt und Komma über den Himmel und holte sich im Handumdrehen die Pole-position.

Die Federwolken lagerte man aus praktischen

Gründen meist ganz oben. Sie mopsten sich wie ein Haufen durcheinandergeworfener Gardinen, obwohl sie eigentlich exakt nebeneinander aufgehängt werden sollten, damit sie ohne Falten den Himmel verschleiern konnten, wenn sie dran waren.

Es war viel zu tun. Zu viel. So kam die Ordnung im Wolkenlager meist völlig durcheinander. Hieß es: Schichtwolken!, so wurden diese hervorgezerrt, gleich danach sollten Haufenwolken segeln – ohne Rücksicht auf Verluste rupften die Engel sie aus den Boxen. Kein Wunder, daß alle naselang etwas abbröckelte. Auch die Schichtwolken hatten schwer beschädigte Ränder. Und all das Restzeug lag dann in großen schwarzen Krümelhaufen herum. Deshalb gab es ab und zu die Anweisung, den angesammelten Wolkenbruch zusammenzufegen auf eine von diesen vorsintflutlichen Kehrichtschaufeln.

*

An der Gesamthochschule Kassel hatte Professor Träufelmoser seinen Lehrstuhl für *Praktische Meteorologie* erklommen. Ganze fünf Studenten verloren sich im Hörsaal und schrieben schon mit, bevor Träufelmoser überhaupt angefangen hatte. Bei den Wirtschaftswissenschaftlern, den Medienexperten und den Informatikern mußte man die Vorlesungen per Lautsprecher in die Gänge übertragen, weil Studen-

Wenigstens muß ich heut mal nicht kochen!

ten allüberall auf den Böden rumhockten – seine *Praktische Meteorologie* wurde überhaupt nur deshalb noch angeboten, weil Professor Träufelmoser die Wissenschaftsministerin in Wiesbaden gut kannte. Sehr gut gekannt hatte.

Wahrscheinlich fertigten die fünf eingeschriebenen Hanseln in seinen Vorlesungen Belegarbeiten für andere Fächer.

Er schniefte resigniert und begann: Die Wasserkonsistenz in Kumulus- alias Haufenwolken ist von eingeschränkter Verdichtungsmöglichkeit. Vereinigen sich zwei Kumuluswolken von einem genau definierten Rauminhalt, so ergibt das zirka das Doppelte an Wasserpotential. Doch nur wenn eine Windpfiffigkeit in ausreichender Stärke als Katalysator hinzukommt, könnte aus solchen Kumuluswolken überhaupt eine geringe Wassermenge austreten. Nehmen wir als Beispiel den Standort Kassel, so ergibt sich hieraus, daß größere Wassermengen niemals gleichzeitig zu Boden gelangen können. Während im Nordstau des Harzes nicht selten innerhalb von nur dreißig Minuten fünf Liter pro Quadratmeter in Platzregenform fallen. Für Kassel ist das absolut ausgeschlossen. Hier bleibt das langjährige Mittel gesetzmäßig nach der Gaußschen Glockenkurve auch in Zukunft weit hinter dem verbindlichen hessischen Durchschnitt zurück …

Durchschnitt! Verbittert schaute Professor Träufelmoser auf die fünf emsig schreibenden Studenten. Obwohl er seit drei Minuten nichts mehr sagte, dachten diese Ignoranten gar nicht daran, mit dem Schreiben aufzuhören.

Professor Träufelmoser blickte aus den hohen Hörsaalfenstern. Da hatte der Reinigungstrupp wieder die Oberlichter weit offengelassen. Zum Glück war es draußen heiter bis wolkig.

*

Wieso ist denn wieder so viel Wolkenbruch angefallen? fragte der Leitende Engel den Putzteufel vom Dienst.

Wir mußten jede Menge Haufenwolken ausbringen, knurrte der. Die sind verdammt sperrig und raspeln sich die Ränder ab. Zusammengefegt ist das nun mal eine Menge. Soll ich alles …? fragte der Putzteufel vorsichtig. Wir sind gerade über Kassel.

Aber immer, sagte der Leitende Engel. Dort hat ein gewisser Professor Träufelmoser an der Gesamthochschule errechnet, daß niemals fünf Liter pro Quadratmeter fallen können. Mit der Gaußschen Glockenkurve beweist er das. Wo doch der Engel Gauß ständig schusselt! Also raus mit dem Zeug.

Der Putzteufel kippte lustlos seine übervolle vorsintflutliche Kehrschaufel nach unten.

Das ist doch nicht mehr normal.
Dir kann man's nie recht machen.
P. GAY

Hundstage

Was die Hundstage gießen,
Muß die Traube büßen.
Bauernregel

Der abnehmende Mond steht im Widder: In der Arbeit beweisen Sie heute und morgen großes Stehvermögen. Na, wenn der Kalender das meint, muß es ja werden, dachte Clarissa. *Stehvermögen!* Der Gesundheitstip verhieß: *Getrocknete Heidelbeeren und Brombeeren, gut zerkaut, sind ein wirksames Mittel bei Durchfall.*

Nichts mit getrockneten Heidelbeeren, sagte sich Clarissa. In Spanien gibts frisches Obst in bester Qualität. Auf das werde ich mich stürzen. Nein, bezähme dich! Laß es ganz ruhig angehen. Mit Monica diesmal. Zum ersten Mal fahre ich mit einer Freundin in Urlaub. Seit zwanzig Jahren erstmals nicht mit Ehemann, Nochfreund oder Neugeliebtem. Noch zwei Tage Arbeit und *großes Stehvermögen*. Der Kalender lügt nicht.

Wenn Clarissa aus ihrem Büro sah, blickte sie in windgeschüttelte Bäume. Ab und zu klatschte ein Regenschauer ans Fenster. Das sollte nun die wärmste Zeit des Jahres sein. Südeuropäer nannten dies den hiesigen grünen Winter. Clarissa wußte schon, warum sie im Hochsommer jedesmal nach Spanien oder Süditalien fuhr. Die Kollegen stöhnten: Um diese Zeit! Viel zu heiß dort! Doch sie brauchte das. Wenigstens einmal im Jahr. Hochsommer. Hitze. Selig süße Sonne. Herrlich heißer Himmel. Geile Glut.

Dieses Jahr also mit Monica. Monica war ein verträgliches Weibsbild, in der Firma immer solidarisch. Jetzt suchte sie wie Clarissa eine neue und hoffentlich aufregende Beziehungskiste. Ein paarmal waren beide zusammen in der Disco gewesen. Nur ein bißchen was zum Anfassen hatte das ergeben.

Clarissa steckte mitten in einer Pause. Einer schöpferischen, befand sie für sich. Bis voriges Jahr war es noch Helfried, der Fotograf, gewesen. Der hatte vor fünf Jahren den schönen Konrad abgelöst und der vor neun Jahren ihren Mann. Achim wäre lieber in die Bretagne gefahren, aber Clarissa hatte auf dem Süden bestanden. Dem tiefen Süden. Hochsommer. Hitze. Selig süße Sonne ... Nur Spanien oder Italien kamen in Frage.

Regenböen klatschten gegen das Fenster, und das Telefon klingelte. Der Chef wollte sie dringend sprechen. Ob er herüberkommen solle oder sie sich zu ihm bequeme?

Arne war von seiner Art her überhaupt kein Chef. Klar, er hielt die Fäden in der Hand und verteilte Auf-

Kannst du dich noch an den heißen Sommer von 64 erinnern? Das war nichts dagegen!
Rezept
P. GAY

gaben, doch er ließ sich ganz gut lenken, leiten, losschicken. Clarissa war am längsten bei der Truppe, und Arne achtete ihren Rat. Wenn er etwas durchsetzen wollte, besprach er sich zunächst mit ihr. Clarissa wußte nicht, ob sie mütterliche oder töchterliche Gefühle ihm gegenüber haben müßte. Arne hatte eine Frau und einen erwachsenen Sohn. Da lief wohl nicht alles glatt. Doch in dieser Sache blieb Arne verschlossen.

Clarissa ging über den langen Flur in Arnes Büro. Bestimmt gab es Schwierigkeiten mit den Designerleuten. Aber sie würde heute und morgen *Stehvermögen* beweisen.

Arne sprach gar nicht erst übers Wetter. In dieser Hinsicht war er völlig undiplomatisch. Er fragte sie gleich nach dem Urlaub. Ob sie nicht vier Wochen später fahren könne. Ja, er falle gleich mit der Tür ins Haus. Doch gerade jetzt brauche die Firma eine so fähige Frau wie sie. Das Geschäft mit den Designern. Eine knallharte Sache. Und keiner in der Firma könne sich so durchsetzen wie Clarissa. Mit dem großen Chef habe er gesprochen, und der habe ihn, Arne, angefleht, dafür zu sorgen, daß sie zumindest die nächsten drei, vier Wochen verfügbar wäre.

Ich hab aber doch eine Reise … Arne fiel Clarissa ins Wort, was sonst nicht seine Art war. Ja, er wisse. Spanien. Sie könne die Reiseunterlagen im Sekretariat abgeben und bekäme bei der nächsten Gehaltsabrechnung ihre Auslagen überwiesen. Plus zwei Extra-Urlaubstage wegen der kurzfristigen Verschiebung.

Aber Monica fährt mit; ich kann sie doch nicht alleine lassen.

Arne lächelte: Unsere Clarissa. Immer solidarisch. Mit Monica wurde schon gesprochen und alles geregelt. Klar, wenn du drauf bestehst, kannst du natürlich fahren. Für die Firma bleibst du trotzdem unsere Beste. Es ist eine Bitte, verstehst du.

Als Clarissa über den langen Flur zurück in ihr Büro ging, wußte sie, daß sie die nächsten vier Wochen sehr viel *Stehvermögen* brauchen würde. Die Designerleute waren mehr als harte Brocken.

Monica kam ihr strahlend entgegen und plapperte wie ein Backfisch los: Arne hat grad angerufen. Find ich super von dir. Wo Arne jetzt solche Probleme zu Hause hat. Wir hätten in der kurzen Zeit doch nichts anderes bekommen. Und Arne wollte schon immer mal im Hochsommer nach Spanien. Statt dessen gings jahrelang mit seiner Alten nach Schweden. Du, der Arne und ich, wir sind dir so dankbar …

Clarissa flüchtete vor der strahlenden Monica auf die Toilette. Sie fühlte sich miserabel. Hundsmiserabel. Jetzt würde sie Durchfall bekommen, sie spürte es. Und null getrocknete Heidelbeeren in der Handtasche …

Irgendwie isses schwül heute
Wollen wir jetzt echt über's Wetter reden?
P. GAY

Die Gewitterziege

> Springt die Ziege auf die Weide,
> Tut sie niemand was zuleide.
> Springt die Ziege auf den Bock,
> Ruft der Bauer: Was ein Schmock!
> *Handbuch des Ziegenzüchters*

Es war einmal ein großes Dorf mit vielen Bauern und auch Bürgern. Darinnen lebte ein altes Ehepaar ganz ohne Kinder und Kindeskinder. Das einzige Lebewesen, das sie in ihrem Haushalt duldeten, war eine stattliche Ziege.

Die Ziege sprang des Tages im Hausgärtlein herum, fand hie ein Blättlein und da ein Büschelchen vom würzigen Gras, war also genauso wählerisch, wie es Ziegen ihrer Natur nach sind. Sie schubberte sich am Zaun, meckerte, wenn ein Fremder vorbeikam, und ließ sich des Abends, bevor sie im Ziegenstall der Ruhe pflog, von dem alten Manne melken. Aus der Milch fertigte die alte Frau in einem langwierigen und geheimen Verfahren Ziegenkäse. Der wurde im Bioladen des Dorfes für ein gutes Geld angeboten und fand doch immer seine Abnehmer.

Die Ziege hatte nur eine seltsame Eigenart. Wenn ein Gewitter über das Dorf kam, und das war in jenem Landstrich voller Wetter- und Wasserscheiden keine Seltenheit, so wurde sie zunächst nervös, wie dies Ziegen seit jeher an sich haben. Dann aber jaulte und maunzte sie, daß es zum Gotterbarmen war. Die Ziege durchmaß das Hausgärtlein im Schweinsgalopp, verfiel plötzlich in Zirkustrab, hob ein Bein am Pflaumenbaum, wälzte sich auf der Erde und zappelte mit allen vier Hufen in der gewittrigen Luft.

Nun war es zwar so, daß man bei Gewitter in diesem Dorf keinen Hund vors Haus jagte, aber die moderne Zeit brachte es mit sich, daß Menschen zu jeder Stunde ihrem Tagewerk nachgingen. Somit blieb es nicht aus, daß die Bauern und auch Bürger dieses Dorfes auf dem Arbeits- oder Heimweg, wenn dieser gerade in gewittrige Zeiten fiel, der Ziege ansichtig wurden.

Und wie es seit einiger Zeit der Brauch war, schloß man vom Tier auf seinen Besitzer, und die Leute sprachen: Die Alten müssen doch meschugge sein. Mit so 'ner Ziege. Da kann ooch der Käse nischt taugen.

Das Paar verschloß also, wenn ein Gewitter heraufzog, die Ziege im Stall. Mochte sie jaulen und krauchen, hopsen und trampeln, wie sie wollte – ihr Anblick war dem Dorf und seinen fleißigen und aufmerksamen Bewohnern entzogen.

Sei es, wie es sei: Durch diese Behandlung vielleicht heraufbeschworen, entwickelte die Ziege ein noch feineres Gespür. Wenn nur ein Gewitter von ganz ferne grollte, ja noch gar nicht zu sehen und auch in

MADRID 30 WOLKENLOS
ROM 32 WOLKENLOS
ATHEN 36 WOLKENLOS
P. GAY

keinem Wetterbericht vermeldet worden war: die Ziege begann zu zicken, zu bocken, zu demmeln und zu toben. Sie quiekte und grunzte, röhrte und bellte. Und kaum vierundzwanzig oder achtundvierzig Stunden später entlud sich überm Dorf ein Gewitter, daß es nur so eine Art hatte.

Es blieb nun nicht aus, daß die Bauern und auch Bürger des Dorfes von dem feinen Gespür der Ziege Wind bekamen. Schließlich konnten die beiden Alten die Ziege ja nicht dauernd in den Stall sperren. Ständiges Wegschließen wäre schon deshalb gar nicht möglich gewesen, weil die Alten, wie alle Leute im Dorf, die Charta für eine menschenwürdige Behandlung von Haustieren unterschrieben hatten.

Daß die Ziege besondere Anwandlungen hatte, sprach sich flugs bis in höchste Höhen der Wissenschaft herum. Und so kamen denn Doktoren und Professoren mit einer ganzen Armee von Assistenten in das Dorf, um die Gewitterahnungen der Ziege zu untersuchen. Sie maßen und zählten, bauten Stoppuhren auf und sprachen verständnisvoll auf die Ziege ein. Die Ziege meckerte darüber zwar heftig, aber die Wissenschaftler scherten sich nicht drum, sondern blieben immer freundlich, präzise und unbestechlich.

Nachdem allerlei Zeit verstrichen war, kamen die Wissenschaftler zu einem Ergebnis. Zu einem erstaunlichen Ergebnis! Es war nicht so, daß die Ziege

Gewitter ankündigte – nein, die Gewitter zogen herbei aufgrund des Verhaltens der Ziege. Die Ziege mit ihrem unziegenhaften Benehmen war der Auslöser für schwüle Luft, für Temperaturunterschiede, für blitzartigen und donnernden Ausgleich der Potentiale. Wo die Ziege zunächst nervös und zickig wurde, da entstanden irgendwo in der Ferne Gewitter. Die Ziege, das stand nunmehr unumstößlich fest, war eine Gewitterproduzentin. Sie war des Namens *Gewitterziege* würdig.

Kaum aber war dies in den beiden berühmten Zeitschriften *natur* und *science* veröffentlicht, so kamen von allen Ecken und Enden des Landes, ja aus der ganzen Welt, aufregende Nachrichten. Es häuften sich Untersuchungen und erstaunliche Erkenntnisse über Regenschweine und Hitzehühner, von Hochwasserhasen und Dürrefüchsen. Überall begann man umzudenken, und eine völlig neue Art der Klimakunde und der Witterungsforschung zog ein in die Welt.

Der Gewitterziege aber blieb für alle Zeiten der Ruhm als Pioniertier und Bahnbrecherin. Und wenn sie nicht gestorben ist, so lebt sie noch heute in den Tabellen der Wissenschaft.

Regen! Regen!
BIER! BIER!
P. GAY

Der Platzregen

Ein Vortrag

Wer das Wetter richtig weyß,
Kennt auch sonst eyn jeden Scheiß.
Leitspruch der Meteorologischen Universität

Wir haben heute, meine Damen und Herren, ein überaus erstaunliches Phänomen zum Gegenstand. Dieses wollen wir uns vertikal in drei Bedeutungssäulen und horizontal in all seinen tiefen Bedeutungsschichten und feinen Ausprägungen vornehmen.

Wir haben es zunächst mit einer plötzlichen Erscheinungform zu tun; deshalb heißt sie im Altfriesischen auch Plötzregen. Wenn so ein Plötzregen niederkam, war kaum Zeit, die Brote, Kuchen, ja nicht einmal die Wecken geheißenen Kleinteigstücke im Dorf-Gemeinschaftsofen abzubacken. Bloß die winzigen Mürbchen, die man früher auch Plötzchen nannte, konnten mundgerecht ins Trockene gerettet werden.

Ein Ort an der mittleren Elbe wurde relativ oft von dieser Regenart heimgesucht, weshalb sich für ihn die Bezeichnung Plötzky einbürgerte. Wir finden ihn noch heute im Landkreis Anhalt-Zerbst. Damit kann man das altslawische plici, sprich plitschi, vergleichen, das uns die Bedeutung eines Plitsch-Platsch-

Regens erschließt. Die plötzlich von oben kommenden Wassermassen bildeten sogleich kleine Stehgewässer, die man zunächst niederdeutsch Plützen nannte, später verhochsprachlicht Pfützen, in die man hineinplatschte, quietschte und matschte. Wobei die in Mitleidenschaft gezogenen Socken ganz pfatschig wurden und man folglich heimlatschen, ostmitteldeutsch auch batschen, mußte, wofern man nicht ausglitschte und hinplauzte.

Wir merken auf: Plauzen, kindsprachlich: Bauzen, was uns wieder linguistisch zum plötzlichen Sturz führt, der mit dem Plötzregen unverkennbar zusammenhängt. Alles und jedes ein sprachliches Zeichen, wie christliche Grundüberzeugung meint, auf welche wir aber erst in der dritten Abteilung zu sprechen kommen können.

Die zweite, die lokale, also die unmittelbar ortsfeste Bedeutung des Platzregens erschließt sich äußerst einfach. Ein solcher Regen kann nur auf einem jeweils abgegrenzten Platz herniedergehen. Schon im Nachbarbezirk, fußballtechnisch des Gegners Platz geheißen, ist von Regen nichts zu merken, während der heimische Grund von Wassermassen überflutet ist.

Besonders anschaulich macht sich der Platzregen auf sehr großen Plätzen bemerkbar, wenn der ganze Platz plötzlich (sic!) unter Wasser steht. Zwar werden auch Straßen, Gassen und Wege von Platzregen heimgesucht, aber man spricht nicht von Gassenregen oder gar Wegeregen, allenfalls von Wasserstraßen, die hinwiederum mit dem Platzregen insofern in Zusammenhang stehen, als sie für kurze Zeit entstehen können, wo ein Platzregen niedergeht.

Wirklich deutlich wird das lokale Wesen des Platzregens, wenn er auf einen städtischen Platz trifft, auf dem Verkaufshandlungen abgehalten werden, also einen Marktplatz. Solch Marktplatzregen bringt in Windeseile das Wesen eines Marktes zum Erliegen. Aus der freien Marktwirtschaft werden bestenfalls überdachte Marktverhandlungen, wobei die Überdachungen, sogenannte Marktkisen – neuerdings bei flüchtigem »t« Markisen geheißen –, sich blitzschnell mit Wasser füllen können, dann wiederum platzen und den sogenannten Platzregen als Begriff zu einer neuartigen Sinnstiftung führen.

Der Platzregen als Füllregen, Füllhorn und gefüllte wie auch gefühlte Wasserqualität ist mithin trotz seiner lokalen Erscheinungsform eine überregionale, gar eine globale Eigenheit. Er kann in Form des platzübergreifenden Regens sich weltweit ausbreiten, was uns zur dritten Definition bringt: Der Platzregen als sowohl übersinnliches wie auch animalisches, kurz religöses Phänomen.

Wir halten hier einen wissenschaftlichen Vortrag,

wollen uns aber tolerant verhalten und die theologische Deutung zumindest wiedergeben. Nach Ansicht von hie und da auftretenden Gläubigen ist die Welt von einem gewissen Gott, sprich Jahwe, Zebaoth oder Allah, erschaffen worden. Derselbe soll auch den Regen produziert haben. Nun kann man sich vorstellen, daß ein frischerschaffener Regen nicht gewillt ist, auf das Kommando seines Herrn und Meisters, sprich Gottes Wort, zu hören. Wie aber wird einem jungen Hund die richtige Handlungsweise verdeutlicht? Richtig – und also sprach auch, nach Meinung der Gläubigen, Gott zum Regen: Platz! Und alsbald fiel der Regen wie vom Blitz getroffen nieder auf die Erde. Folglich heißt ein junger, gleichsam kaum erzogener Regen – nach theologischer Auffassung wohlgemerkt – Platzregen.

Sie mögen sich nun von Ihren Plätzen erheben und hoffentlich trockenen Fußes heimkommen.

Die Welt ist schlecht!
C. GAY

Der Bodenfrost

Kriecht der Frost in alle Ritzen,
Soll man hinterm Ofen sitzen.
Werbespruch der Heizgasversorger

Der Bodenfrost war immer unbeliebt gewesen. Er konnte es nämlich niemandem recht machen. Die Friedhofsarbeiter murrten, wenn sie im tiefen Winter ein neues Grab ausheben sollten, und verlangten Zulage. Spitzhackeneinsatz-Zulage. Der entsprechende Sachbearbeiter hingegen wies nach, daß es durchschnittlich nur fünfundzwanzig Frosttage pro Jahr gebe, diese aber durch Urlaub und Sonntage abgegolten würden, so daß bei guter Planung mit herkömmlichen Spaten schnell, tief und gut gegraben werden könnte.

Die Kleingärtner haderten auf ihre Weise mit dem Bodenfrost. Es war tagelang warmes, feuchtes Pflanzwetter gewesen; nun mußten aber Tomaten, Gurken und Zucchini in die Erde. Kaum getan, war anderntags der Bodenfrost da und zwickte die Wurzeln ab.

Am meisten grollten ihm die Autofahrer. Sie hatten in diesem Jahr wirklich lange mit den Sommerreifen gewartet. Hätten sie die Winterreifen bis in den Juli behalten, wäre nie und nimmer Bodenfrost gekommen.

Als sie aber endlich im April die Reifen wechselten, kam er sogleich. Und mit ihm Glätte. Und Blechschäden. Die Autofahrer wüteten und schleuderten wilde Flüche gen Boden und Himmel.

Na, macht doch eiern Dreck alleene, sagte sich der Bodenfrost, denn diesen Spruch hatte er zu königlich-sächsischen Zeiten mal vernommen. Und zog sich in wilde Berge zurück. – Auch dies hatte er vor zig Jahren gehört, wahrscheinlich sogar gelesen. Natürlich kann der Bodenfrost lesen. Deshalb ist er ja auch sensibel und verwindet Beschimpfungen – er würde alles kaputtmachen, Autos wie Wurzeln – nicht so leicht. Der Bodenfrost war schlichtweg sauer, wie es ihm sein Kollege Regen schon lange vorgemacht hatte.

Nun gab es keinen Bodenfrost mehr im Flachland, denn er hockte beleidigt im Gebirge. Doch keiner wußte das. Niemand traute sich, Reifen zu wechseln oder Gurken zu legen. Die Friedhofsarbeiter fochten einen aussichtslosen Kampf um Spitzhackenzulage, und die große, stolze Dienstleistungsgewerkschaft verlor weitere sieben Prozent ihrer Mitglieder.

Wenn im Winter sich die seit Jahren ohnehin ziemlich träge gewordenen Schneewolken mal hie und da entleerten, so lag die weiße Pracht zwar kurz auf Dächern und Wiesen herum, schmolz aber so geschwind wie Schnee in der Sonne – ganz ohne Sonne. Da fehlt mal so'n richtiger Frost, sagten die Leute und bewiesen damit, daß es ihnen mit dem Wetter sowieso nie recht zu machen war.

Nur eine gewisse Spezies fand alles prima: Fliegen und Mücken, Bremsen und hochgefährliche Kartoffelkäfer. Die hatten bislang bei jedem Frost einen derben Schlag wegbekommen und sich bis zum Frühjahr nur recht und schlecht davon erholt. Die stolzen Völkerschaften der märkischen Saugmücken waren immer so heftig dezimiert worden, daß sie die Datschenbesitzer am Stechlin zwar piesacken konnten, aber nur selten bis aufs Blut. Und die Kartoffelkäfer hatten zum letzten Mal in den fünfziger Jahren so richtig zuschlagen können, als sie im Auftrag des Kalten Krieges, einer merkwürdigen Großwetterlage damals, die sozialistischen Felder zwischen Mecklenburg und Thüringen abfraßen.

Nun machten sich die versammelten Insekten wie alttestamentarische Heuschreckenschwärme übers Land her. *Wir Fliegen, wir siegen!*, summten sie und *Wir Mücken, wir stören euch beim Bücken!* oder was die Tierchen sich da alles zusammenreimten. Eine Menge chemischer Keulen wurden im Land eingesetzt, was den Bodenfrost in gewisser Weise noch mehr verschnupfte. Niemals wäre er wieder zurückgekehrt, wenn ... ja wenn nicht ein gewisses Ungemach dem einen oder anderen Wirtschaftszweig gedroht hätte.

So hatten die Kleingärtner sich Schlauchwasserleitungen gelegt. Obwohl die alljährlich im Herbst entwässert wurden, fanden sie sich im Frühjahr doch wieder verschlissen und geplatzt im Boden. Der Frost hatte sie zerstört, und die Kleingärtner kauften neue Schläuche und Rasensprenger. Zu Nutz und Frommen der Firmen Nass & Sprinkler. Auch die Versorgungsleitungen in den Städten mußten bis dato regelmäßig erneuert werden und boten vielen Tiefbaufirmen Arbeit. Die Keller waren seit Menschengedenken mächtig isoliert worden, damit kein Bodenfrost in die gesammelten Vorräte kroch. All das schien jetzt plötzlich nicht mehr gebraucht zu werden. Ohne Bodenfrost hätten die Heizanlagen der vielen schön geplanten Eigenheimsiedlungen nicht so kraftvoll dimensioniert werden können. Mitten in Europa und Nordamerika hätte man leben können wie in Süditalien und auf den Malediven, also wie Herrgott in Frankreich.

Wie die Wirtschaft es geschafft hat, wissen wir nicht. Jedenfalls kehrte nach zähen Verhandlungen der Bodenfrost zurück und bewirkt bis heute, daß die Mietnebenkosten sich auf effizienter Höhe bewegen. Aber er ist ein verdammt unzuverlässiger Geselle geworden, der Bodenfrost. Will jetzt Frostschutzmittel als undemokratisch ablehnen.

Sooo kann dieser Wetterbericht jedenfalls nicht bleiben. Wir können den Zuschauern doch nicht 3 Tage hintereinander Regen, Sturm und Kälte bieten.
DAS WETTER
ERROR
P. GAY

Die Wetterküche

Wir schalten nun zu unserem
Wetterstudio in/im/auf
Frankfurt/Hamburg/Oberoderwitz/
Wetteralm/Greenwich/Satellit.
Zutreffendes streichen

Verschmutztes Kaffeegeschirr stapelt sich links auf einem kleinen runden Tisch. Daran vier Stühlchen, auf einem fläzt sich Karsten. Er trägt lustig blondiertes Haar. Mit einem Stift rührt er in einer Kaffeetasse. Hinter Karsten breiten sich farbige Weltkarten aus; auf der rechten Seite des Raumes hängen große blinkende Flüssigkristallanzeigen mit Ortsnamen wie Rom, Nizza, Helsinki und Freudenstadt. Aus einem Fax ringeln sich Papierschlangen. Vor den Papierschlangen steht Uwe, übergewichtig, korrekt gekleidet, und sortiert. An einem Tischchen vor einem Computer posiert Else, schrill, mit langen Beinen.

Durch eine schwere, selbst zuschlagende Tür ganz am linken Bildrand kommt Jörg, wirren Blickes, die Stirn in Falten, mit einer Andeutung von Bart am Kinn, läßt sich auf eine lederbezogene Liege plumpsen, die ebenfalls noch in den Raum paßt.

Jörg: Ufff! (Vielleicht sagt er aber auch *Schnurch*, *Grchch*, *Remmbremmerdeng* oder *Chuchichäschtli* – der Ton ist durch ein Pfeifen überlagert.)

Karsten (sorglos pfeifend): Du kommst ja wieder auf den letzten Drücker.

Jörg: Wieso? Habt ihr denn die Niederschlagsverteilung schon im Bild?

Else (mit purpurroten Fingernägeln gelangweilt an der Tastatur tippend): Von wegen Bild. Der Computer ist wegen Glatteis ausgerutscht und dann gestürzt.

Jörg: Das jetzt ’n Witz? Wo soll ich lachen?

Uwe (korrekt): Wir haben heute keine Temperaturangaben bekommen. Irgendwo klemmt es. Die Windgeschwindigkeiten sind außerdem falsch programmiert worden; ich kann nichts erkennen.

Karsten: Ich finde, daß wir ein verdammt mieses Wetter haben. Müssen wir den Leuten mal ganz kraß sagen.

Else (zieht Schnütchen): Ich bin sowieso sauer. Meinetwegen kanns hageln. Diese Kuh Verona ist gestern mit meinem Jérôme abgezogen. Bloß weil ich ein Stündchen an der Bar gesessen habe. Die basteln dort taffe Cocktails. *Windgestöber*. Grandios!

Uwe (sehr korrekt): Windgestöber gibt es nicht. Nicht mal in sprachlicher Form.

Else: Ich hab ja dann auch die schwererärän – oh, verdammt schwerär – starken Getränke genommen. Der Whisky nennt sich jetzt: *All will be good*.

Jörg (zerknautscht): Mir gehts schlicht schlecht. Ich hatte diese grauslige Talk-Show mit der doofen

Gerichtspräsidentin. Frag ich sie ganz harmlos: Wie alt muß man denn werden, um Gerichtspräsidentin zu sein? Die hat das nicht verstanden! Die versteht keinen Spaß!!

Karsten: Sag mal, Else, wo dir dein Jérôme grad abhanden gekommen ist – willst du nachher nicht bei mir zu Hause meine Wetterkartensammlung angukken?

Else: Der Whisky hieß *All will be good*, nicht *Karstens Kaltfront.*

Uwe (mit Blick in Richtung der Flüssigkristallanzeigen, auf denen es jetzt aber nur 00:00 blinkt): Darf ich euch daran erinnern, daß wir in zwei Minuten auf Sendung sind?

Jörg (zum unbeirrt fröhlich grinsenden Karsten): Und da sitzt du noch so ruhig rum? Ihr jungen Kerle habt kein Arbeitsethos!

Karsten (feixt auf Windstärke acht): Du bist dran. Du mußt heute rausgucken. Steht auf'm Dienstplan.

Jörg (springt vom Sofa, bekommt Wolkenohren und Augen, über die wüste Schneestürme rasen): Wo? Wo steht, daß ich dran bin?

Uwe: Der Dienstplan ist wegen Computerdefekt auch ausgefallen. Aber als er noch intakt war, hast du draufgestanden. Karsten macht den Viertel-vor-um-Take und Else das Mitternachtsstudio. Steht schon seit gestern fest.

Jörg (den Schlips festzurrend, daß sein Gesicht einen satten Rotton bekommt): Rägerägetröpfli. Also wie war das mit den Welttemperaturen? Die haben wir heute nicht. Keine Berichte über die Windrichtungen? Und die Hoch-Tief-Verteilung? Auch nix? O weh, Schnörrli, Bünzli, Schnuderbueb! Und die Pleite bei der Sendung gestern. Wenn Frau Gerichtspräsidentin zuguckt ... Lackmir! Der muß ich doch was Heiteres bieten. Heiter bis wolkig. Sind denn nicht wenigstens paar Aufheiterungen draußen?

Uwe: Du weißt doch, daß wir aus Objektivitätsgründen keine Fenster im Studio haben dürfen.

Jörg: Wieso weiß ich das? Wieso weiß ich nix von keine Fenster? Ich weiß nur, daß ich gleich draußen den Massen das Wetter verklamüsern muß.

Else: Ick denk mal, wir haben heute so was von beschissenem Wetter. Nicht, Karsten?

Karsten: Wenn du nicht in meine Wetterkarte gucken willst, immer.

Jörg (bekreuzigt sich, murmelt): Wetter unser, das Du bist im Himmel, Deine Gleichverteilung komme, Deine Willkür geschehe ...

Er geht nach vorn. Die Welt wartet allüberall ungeduldig, was die Wettervorhersage bringen wird.

Wenn's am 23sten stürmt und schneit, ist der 24ste nicht mehr weit!
T. GAY

Pulverschnee

Vor Weihnacht viel Wasser,
Nach Johanni kein Brot.
Bauernregel für den 23. Dezember

Die Maschine flog einen Halbkreis, und Magdalena sah die weiten Kiefernwälder, sah die überpuderten, gefrorenen Flächen der Seen, sah die dünne weiße Schicht auf den Feldern. Sie war zu Hause. Als die Maschine aufsetzte, applaudierten die Fluggäste. Der Direktflug aus Bangkok hatte sein glückliches Ende gefunden.

In der Ankunftshalle breitete sich eine riesige Weihnachtsfichte mit gewaltigen rotglänzenden Kugeln aus. Auch in Bangkok hatte ein geputzter Weihnachtsbaum gestanden; aus den Lautsprechern hatten *Jingle bells* in einer fernöstlichen Piepsfassung gebimmelt. Die Shops hatten sie angeschrien: *X-mas for sale!*

Hier kam ihr die Weihnachtsmusik leise, kultiviert vor. *O du fröhliche, o du selige, gnadenbringende Weihnachtszeit*, sang eine tiefe deutsche Stimme. Die Passagiere hatten das Flugzeug über eine gute alte Gangway verlassen und waren ein paar Schritte im Freien gelaufen, bis zum schlichten Eingangstor. Die Luft war scharf, kalt, es roch nach Schnee. Nach Schnee und Benzin. Magdalena war in ihren eleganten Schühchen über die dünne weiße Pracht getänzelt. Es waren nicht die nagelneuen, sündhaft teuren Sandalen aus Bangkok gewesen, die geknarrt hatten. Der Schnee hatte geknirscht. Der weiße, saubere Schnee.

Jetzt wartete sie auf ihren Rucksack. Das Gepäckband kreiste bereits, doch nur zwei miteinander verschnürte Hartschalenkoffer fuhren spazieren und narrten die Wartenden. Ein reiner, blauer Winterhimmel wölbte sich über den Flugplatz und die angrenzenden Kiefernwälder. Magdalena war zu Hause, und es war Weihnachten.

Drei Jahre war sie draußen gewesen. In Birma, in Indonesien, in Malaysia: Arbeit als Au-pair-Mädchen. Dann hatte sie Guillaume kennengelernt. Guillaume, den französischen Kambodschaner. Mit ihm war sie durch die asiatische Welt gezogen, hatte in einem landwirtschaftlichen Camp gehaust, hatte einen Laden für Elfenbeinschnitzerei gehabt und wieder verloren. Manchmal hatte Guillaume viel Geld besessen, manchmal ging sie anschaffen. Es war nicht schlimm gewesen, eher langweilig und nervend. Als er nicht mehr zurückkam von einem seiner Geschäftsgänge, hatte sie zunächst gewartet. Sie war sogar zur Polizei gegangen. Von dort hatte man sie zum Konsulat geschickt, damit sie ihren Paß verlängern ließe. Sie wartete weitere vier Wochen und suchte schließlich ihre Papiere zusammen. Unter Guillaumes Sachen hatte sie ein Päckchen gefunden, mit einer Substanz, die wie Puderzucker aussah, aber anders schmeckte. Sie kannte sich gut genug damit aus, daß sie den Wert des Päckchens ahnte. Sie war wieder ins Konsulat gegangen, dort kroch aus irgendeinem Winkel etwas hervor. Ein Etwas namens Heimweh.

Nach drei Jahren Freiheit, Schmutz und Guillaume hatte sie Heimweh nach dem langweiligsten Land der Welt. Wo die Weihnachtsfeiern spießig waren, ihre Verwandten wendisch-märkisch und ihre Freundinnen fett und verheiratet.

Sie würde eine Boutique aufmachen. Mit fernöstlichem Schnickschnack. Jetzt hatte sie das Anfangskapital dazu, und wenn ihre Verwandten unbedingt sehen wollten, ob es ihr gut ginge, sollten sie zum Ku'damm kommen. Es würde ihnen beiden gut gehen. Ihr und der Boutique.

Endlich kam der Rucksack vorbeigeschwommen. Mit mehr war sie nicht weggegangen, mit mehr kam sie nicht zurück. Plus ein Päckchen, tief im Rucksack. Sie hatte verdrängt, daß in Malaysia der Besitz einer solchen Substanz die Todesstrafe bedeuten konnte. Sie war deutsche Touristin und flog Economy class. Jetzt war sie hier; sie ging auf die Tür mit der Aufschrift *Europäische Union* zu – und mußte ihren Paß zeigen. Der Beamte behielt ihn ziemlich lange, kam aus seinem Kabuff, faßte sie am Arm und verfrachtete sie in einen Nebenraum. Der Raum war überheizt und hatte keine Fenster. Magdalena schwitzte. Sie war naß vor Ärger und Angst und setzte ihren Rucksack ab. Was sollte das alles? Es war Weihnachten, das Fest der Versöhnung und Vergebung. Hiesige Beamte wollten doch auch zu ihrem Gänsebraten.

Die drei Beamten waren weiblich. Eine stellte sich an die Tür; eine beschäftigte sich mit dem Rucksack, die dritte überwachte, wie Magdalena sich auszog. Jedes Kleidungsstück wurde hochgehoben und geschüttelt. Ihr Rucksack stand in einer Pfütze. Jeder liederlich hineingestopfte BH wurde sorgsam daneben ausgebreitet. Die Beamtin hob einen Beutel aus dem Rucksack. Der Beutel tropfte. Die Beamtin öffnete ihn und roch daran. Da ist Ihnen wohl was geplatzt, sagte sie. Riecht aber nicht nach Alkohol.

Die beiden durchsuchenden Beamtinnen schauten sich an. Hinweis vier-zwo-zwo, neun-null-fünneff, sagte die eine. Wird wohl alt, sagte die andere. Und zu Magdalena gewandt: Sie sollten sich und ihren Rucksack trocknen. Es ist verdammt kalt. Sie holen sich sonst noch den Tod.

Magdalena war durch eine Tür in die riesige Abfertigungshalle gebracht worden. *X-mas for sale!* schrien die Läden, die nun auch hier Shops hießen. Sie verstand das alles nicht. In Bangkok, im tropenheißen Bangkok, war in dem Päckchen noch jenes weiße Pulver gewesen, das der Grundstock ihrer künftigen Boutique sein sollte. Es hatte ausgesehen wie das Zeug, das hier draußen überall herumlag. Magdalena schaute hilflos in den kalten, blauen Himmel. Der Himmel zwinkerte zurück.

Kinder, wißt ihr, wo immer die Sonne scheint?
In deinem Herzen!
P. GAY

Inhalt

Göttliches Wetter 7
Wintergewitter 17
Märzenschnee 23
Wasserhose 31
Das Azorenhoch 37
Siebenschläfer 45
Wolkenbruch 53
Hundstage 61
Die Gewitterziege 69
Der Platzregen 77
Bodenfrost 83
Die Wetterküche 89
Pulverschnee 95

ISBN 3-378-00644-7

1. Auflage 2002

Einbandgestaltung Gold, Fesel/Dieterich
unter Verwendung einer Zeichnung von Peter Gaymann
Typographie Johanna Rennert-Mönch
Druck und Binden Druckhaus Gera
Printed in Germany

www.gustav-kiepenheuer-verlag.de

Dorrit Willumsen

Ferientage einer Katze

Aus dem Dänischen von Ursula Gunsilius

Mit 12 farbigen Illustrationen von Manfred Bofinger
96 Seiten. Gebunden
ISBN 3-378-00626-9

Miez ist eine elegante, aber keineswegs bescheidene Katze. Als ihre Besitzer in den Urlaub fahren, bleibt Miez allein zu Haus. Mit der Nachbarin hat sie es in den kommenden Wochen schwer.

Miez hat einen gnadenlosen Blick auf ihre Umgebung, und Dorrit Willumsen entpuppt sich als intime Kennerin der Katzenpsyche, ist witzig und zweideutig in das ganz alltägliche Katzenleben hinabgetaucht. Und wem das noch nicht Verführung genug ist, der wird spätestens bei Manfred Bofingers Illustrationen begeistert aufmauzen.

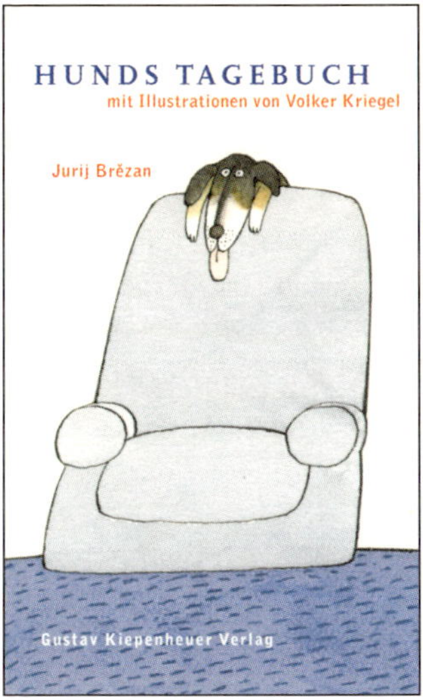

Jurij Brězan
Hunds Tagebuch

Mit 17 farbigen Illustrationen von Volker Kriegel

104 Seiten. Gebunden
ISBN 3-378-00633-1

»Ein Hund ist auch nur ein Mensch. Das ist vielleicht des sorbischen Dichters Botschaft in einem kleinen Buch, das sich mit viel Vergnügen lesen läßt. Der ironische Blick auf Zeitgenossen aus der Dackelperspektive fördert nichts Neues, aber Nachdenkliches vom Mensch-Sein zu Tage und initiiert mehr Verständnis für unsere tierischen Freunde. Volker Kriegels Zeichnungen sind nicht nur humorvolle Ergänzungen und Illustrationen, sondern erzählen mit vergnüglichem Strich auch eigene Geschichten.«

Lausitzer Rundschau

Gustav Kiepenheuer
VERLAG

Stephen Fry

Der Sterne
Tennisbälle

Roman

Aus dem Englischen von Ulrich Blumenbach

391 Seiten. Gebunden
ISBN 3-351-02929-2

Ned hat alles, wovon andere Jungs mit achtzehn nur träumen: gute Noten, ein hübsches Gesicht, alle Cricketregeln im Kopf, einen Vater im Unterhaus, eine schöne und kluge Freundin. Bis ihm ein aus Mißgunst zusammengeschweißtes Trio falscher Freunde einen üblen Streich spielt... Der neue Roman von Stephen Fry, witzig, fesselnd, pointenreich, ist ein furioses Drama um Rache und Vergeltung.

»Ein wunderbar phantasiewütiges und urkomisches Buch, bei dem kein Rachegelüst unbefriedigt bleibt.«

Brigitte

Aufbau-Verlag